_____ 님께 드립니다

인생은
소풍처럼

인생은 소풍처럼

초판 1쇄 발행 2016년 8월 12일
초판 2쇄 발행 2017년 8월 12일

지은이 김달국
발행인 송현옥
편집인 옥기종
펴낸곳 도서출판 더블:엔
출판등록 2011년 3월 16일 제2011-000014호

주소 서울시 강서구 마곡서1로 132, 301-901
전화 070_4306_9802
팩스 0505_137_7474
이메일 double_en@naver.com

표지종이 랑데뷰 울트라화이트 210g
본문종이 그린라이트 100g

ISBN 978-89-98294-24-3 (03810)

도서출판 더블:엔은 독자 여러분의 원고 투고를 환영합니다. '열정과 즐거움이 넘치는 책'으로 엮고자 하는
아이디어 또는 원고가 있으신 분은 이메일 double_en@naver.com으로 출간의도와 원고 일부, 연락처 등을
보내주세요. 즐거운 마음으로 기다리고 있겠습니다.

인생은
소풍처럼

남편 ♥ 김달국 쓰고
아내 ♥ 서정애 찍음

● 행복한 인생을 위한 잠언시 150편 ●

더블:엔

인생은 타인과 관계를 맺으며 자신만의 방법으로 행복을 찾아
가는 긴 소풍이다.

이 한 줄의 문장이 이 책에서 말하고 싶은 주제이다. 이 말을 하
고 싶어 150편의 시를 썼다.

이 책은 행복, 인생, 나, 관계의 4개의 작은 소풍으로 구성했다.
먼저 첫 번째 주제는 행복이다. 행복은 우리가 살아가는 목적
이다. 그러나 행복은 실체가 있는 게 아니라서 손에 잡히지 않
는다. 행복은 그저 오지 않으며, 그저 온다고 하더라도 느낄 수
없다면 바람처럼 스쳐 지나갈 뿐이다. 그렇기 때문에 많은 사
람들이 행복을 느끼지 못하고 살아간다. 행복이 무엇인지, 행복
하려면 어떻게 해야 되는지를 아는 것이 무엇보다 중요하다.

두 번째는 인생이다. 물고기가 물을 모르고 살듯이 인간이 인
생을 모르고 살아간다. 죽음을 눈앞에 두고서야 희미하게 느끼
고 갈 뿐이다. 인생을 모르고 살아간다는 건 사막을 모르고 사

막을 헤매는 것과 같다. 사막을 알아야 오아시스를 찾을 수도 있고 사막을 무사히 건널 수도 있다.

세 번째는 나 자신이다. 세상에서 가장 중요한 건 나이고 세상에서 가장 중요한 건 나에 대해 아는 것이다. 아무리 지식이 많은 사람이라도 자신에 대해 무지하면 그 지식을 바르게 쓸 수가 없다. 우리가 겪는 대부분의 불행은 자신에 대한 무지와 자신을 다스리지 못하는 데서 온다.

마지막으로 관계다. 우리는 혼자서 세상을 살아갈 수 없다. 행복과 불행은 사람과의 관계에 따라 나뉘기 마련이다. 아름다운 인생은 타인과 어떻게 더불어 사느냐에 달려있다. 타인과의 관계 또한 나 자신을 다스리는 데 있다는 것을 알게 되면 타인과 더불어 살 수 있다.

이 짧은 글들이 독자 여러분의 가슴에 긴 여운을 남기기를 바란다. 그리고 자신을 알고 타인과 좋은 관계를 유지하며 인생을 즐거운 소풍처럼 행복한 삶을 사는 데 작은 등불이 되길 기대한다.

2016. 8. **김달국**

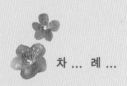

차 ... 례 ...

글을 열며

소풍 1_ 행복

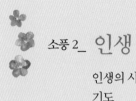

소풍 2_ 인생

소풍 3_ 나

소풍 4_ 관계

소풍 # 1

행복

행복을 위한 잠언시 39편

지금 이대로
행복합니다

나이 드는 것이 서글퍼질 때는

젊은 나이에 죽은 사람을 생각합니다

사는 것이 힘들 때는

나보다 더 힘든 사람들을 생각합니다

때로는 앞이 보이지 않을 때도 있지만

자신의 길을 묵묵히 가는 내가 자랑스럽습니다

더 많이 가지고 싶은 것도 있지만

지금 가지고 있는 것에 만족합니다

없는 것을 찾기 보다는

있는 것에 만족하며 살겠습니다

지금 이대로 행복합니다

행복의 길

행복은 나비처럼 가볍고
불행은 벌처럼 무겁게 느껴진다
행복은 꽃향기처럼 흩어지고
불행은 여름풀처럼 질기다
행복은 잡기 어렵고
불행은 물리치기 어려우니
짧은 순간의 행복을 오래 기억하며
질긴 불행의 기억을 빨리 지우는 것이
행복의 길이다

이미 와 있는
행복

행복은 좇는 사람에게는 오지 않고

느끼는 사람에게 온다

행복은 돈 많은 사람에게 오는 것도

잘난 사람에게 오는 것도 아니다

행복은 누구에게나 오는 것

이미 와 있는 것

하지만 잠시 머물다 지나가는 것이다

행복은 지금 이 순간 잘 느끼는 사람의 것이다

걱정

쓸데없는 걱정이 밀려올 때는
종이에 적어보세요
그러면 걱정의 반은 없어집니다

적은 종이를 봉투에 넣고 날짜를 적으세요
그날이 되기 전에는 절대 열어보지 마세요
그날이 되어 열어보면 다시 반으로 줄어있을 겁니다

또 다른 걱정이 밀려올 때도 그렇게 하세요
몇 번 그렇게 하다 보면 점점 적을 것이 줄어들 것입니다
당신이 유쾌한 사람이 되어가고 있다는 증거입니다

행복을 느낄 수
있으려면

항상 좋은 날씨는 좋은 날씨가 아니다
당연한 것으로 생각하기 때문이다
비온 뒤에 갠 날씨가 정말 좋은 날씨다

항상 좋은 사람은 좋은 사람이 아니다
당연한 것으로 생각하기 때문이다
싫은 것을 싫어할 줄도 아는 사람이 좋은 사람이다

항상 좋은 일이 생기는 사람은 행복을 모른다
당연한 것으로 생각하기 때문이다
힘든 일 다음에 좋은 일이 있어야 행복을 느낄 수 있다

해탈

한때 미치도록 좋아하던 사람도 죽도록 싫어질 수가 있고
죽도록 미워하던 사람도 다시 좋아질 수 있다
세상은 좋은 사람 나쁜 사람
좋은 일 나쁜 일이 따로 있는 것이 아니다
내 마음도 세상도 시간이 지나면서 그렇게 변할 뿐이다
삶과 죽음도 그렇다는 것을 알면 바로 해탈이다

가까이 있으면서도

우리는 먼 곳에 있는 것은 동경하지만
항상 가까이 있는 것은 좋은 줄 모른다
처음 보는 여자는 아름답게 보이고
잘 아는 여자는 예쁘게 보이지 않는다
잘 모르는 것에는 관심을 보이지만
잘 아는 것에는 마음을 주지 않는다
항상 가까이 있으면서도 가장 모르고
가장 사랑해야 하는데도 가장 무심하다
먼 곳의 꽃을 찾으러 가다가
발밑의 꽃을 밟고 가는 것이 우리들이다

인생의 기회

나에게 기회가 몇 번이나 왔을까
나에게 기회가 몇 번이나 남았을까
놓친 기회는 알아도
남은 기회는 알기 힘들다
기회는 바람처럼 오는 것일까
꽃향기처럼 오는 것일까

기회는 눈으로 보는 것이 아니라
마음으로 보아야 한다
인생의 가장 큰 행복은
지금의 나로 태어났다는 것이고
인생의 가장 큰 기회는
지금 살아있다는 것이다

생각의 선택이
행복이다

수없이 만나는 사람

어떤 사람은 스쳐 지나가고 어떤 사람은 인연을 맺는다

그 선택이 인생을 바꾼다

수없이 흘러가는 시간

어떤 시간은 날려 보내고 어떤 시간은 잡는다

그 선택이 나를 바꾼다

수없이 떠오르는 생각

어떤 생각은 흘려 보내고 어떤 생각은 잡는다

그 생각의 선택이 행복이다

그 때 (時)

머물러야 할 때가 있고 떠나야 할 때가 있다

말해야 할 때가 있고 침묵해야 할 때가 있다

나가야 할 때가 있고 돌아서야 할 때가 있다

뜨겁게 사랑해야 할 때가 있고 차갑게 돌아서야 할 때가 있다

불행한 사람은 그 때를 모르기 때문에 불행하다

삶의 지혜란 그 때를 아는 것이다

역설

스스로 세우면 작아지고
스스로 낮추면 올라간다

잊으려고 하면 생각나고
생각을 놓고 있으면 잊혀진다

자려고 하면 잠이 안 오고
밤 새려고 하면 잠이 온다

말을 많이 하면 남이 안 듣고
말을 적게 하면 남이 귀 기울인다

행복을 잡으려고 하면 날아가고
가만히 있으면 행복이 찾아온다

매달릴 때는 떠나가던 사람이
내려놓으니 돌아오더라

외로워서 사랑을 했는데
사랑을 하고 나니 더 외로워지더라

이런 사람 어때요

행복을 추구하는 사람보다 지금 행복한 사람

사랑을 아는 사람보다 지금 사랑을 하는 사람

많이 아는 사람보다 지금 실천하는 사람

미식가보다 음식을 맛있게 먹는 사람

말을 잘 하는 사람보다 잘 말하는 사람

잘 웃기는 사람보다 잘 웃는 사람

이런 사람 어때요

나도 이런 사람이 되고 싶어요

어느 것이
먼저인가

행복해서 웃는가

웃어서 행복한가

책을 읽으면 지혜로워지는가

지혜로운 사람이 책을 읽는가

여행을 해서 견문이 넓어지는가

견문이 넓은 사람이 여행을 하는가

잘 해서 칭찬을 하는가

칭찬을 해서 잘 하는가

사랑하니 예쁘게 보이는가

예쁘게 보여서 사랑하는가

특별해서 관심을 가지는가

관심을 가지니 특별하게 보이는가

신이 계신 곳

신이 계신 곳이 어딘지 묻지 말고

신이 계시지 않은 곳이 어딘지 물으세요

신은 어머니의 얼굴에도 계십니다

나를 바라보는 어머니의 얼굴에서 당신을 보았습니다

자식의 얼굴에도 신은 계십니다

눈에 넣어도 아프지 않은 자식의 얼굴에서 당신을 보았습니다

마당에 핀 꽃에도 당신은 계십니다

그런 색과 향기가 어디서 왔겠습니까

아침에 노래하는 새에서도 당신을 느낍니다

맑고 고운 소리를 당신이 아니면 누가 만들었을까요

높고 푸른 하늘에서도 당신을 봅니다

당신이 아니면 그렇게 높고 넓을 수가 없습니다

당신이 존재하지 않는 곳이 없습니다

당신이 부르시면 기꺼이 가겠습니다

그때까지 당신이 주신 삶을 멋지게 살다 가겠습니다

어른은 그렇다

어릴 때는 빨리 어른이 되고 싶어 하고

어른이 되면 아이가 되고 싶어 한다

혼자 있을 때는 누군가와 같이 있고 싶어 하고

같이 있으면 혼자 있는 것을 생각한다

배가 고플 때는 먹을 것을 생각하고

먹고 나서는 소화시킬 것을 생각한다

살 때는 죽는 것을 생각하고

죽을 때는 사는 것을 생각한다

돈이 없을 때는 돈을 생각하고

돈이 있으면 더 많은 돈을 생각한다

여행

낮선 곳을 동경하여 떠나지만
돌아와서는 익숙한 것을 더 좋아하게 된다
사람 사는 것이 다 같은 줄 알지만
돌아보면 다 다르다는 것을 알게 된다
사람 사는 것이 다 다른 줄로만 알았는데
더 많이 다녀보면 다 같다는 것을 알게 된다
세상에는 특별한 곳이 있는 줄 알지만
내 집이 특별한 곳이라는 것을 알게 된다
행복의 파랑새를 찾아 멀리 떠나지 않았다면
집 안에 있는 파랑새를 찾지 못했을 것이다
멀리 떠나면 가까이 있는 것을 다시 보게 되고
익숙한 것도 새롭게 보게 된다

정말 좋은 사람

누구에게나 좋은 사람은 좋은 사람이 아니다
좋은 사람에게 좋게 대하는 사람이 정말 좋은 사람이다

많이 있을 때 베푸는 사람은 좋은 사람이 아니다
없을 때 베푸는 사람이 정말 좋은 사람이다

평소 여유를 부리는 사람은 좋은 사람이 아니다
극한 속에서 여유를 찾는 사람이 정말 좋은 사람이다

멀리 있는 사람을 그리워하는 사람보다
지금 내앞에 있는 사람을 사랑하는 사람이 정말 좋은 사람이다

설날 풍경

세파는 차가와도
고향은 따뜻하다
양손에는 선물 보따리
마음에는 사랑가득
겨울의 끝은 아직도 먼데
방안은 벌써 봄 향기 그윽하고
돌아가는 술잔 속에
세상시름 담아 마시니
웃음소리 방안 가득하고
벽시계도 춤을 추네

꽃을 피하고
싶을 때가 있다

봄이 오기 전에 봄이 그립고
바다가 없을 때 바다가 더 그립다
우리의 삶도 그렇다

그렇게 꽃이 피기를 기다렸는데
이렇게 꽃이 화려하게 피었는데
꽃을 피하고 싶을 때가 있다

계절은 느낄 때보다
그리워할 때가 더 좋다
첫사랑도 그렇고 행복도 그렇다

세상은 나의 거울

내가 먼저 인사하면 남도 인사하고
내가 먼저 웃으면 남도 따라 웃는다
내 집 울타리를 높이면 이웃집도 따라 올라가고
내 집 울타리를 헐면 이웃집도 따라 헌다
내가 먼저 해야 남이 한다
세상은 나의 거울이다

비교

지금까지 잘 달려 왔습니다
그러나 더 빨리 달리는 사람을 보는 순간
내 걸음이 느리게 느껴졌습니다

지금까지 넓은 집에서 잘 살아왔습니다
그러나 더 큰 집을 보는 순간
내 집이 답답하게 느껴졌습니다

지금까지 많이 가졌다고 생각했습니다
그러나 나보다 더 많이 가진 사람을 보는 순간
내가 가진 것이 작게 느껴졌습니다

나는 변함이 없는데
나보다 더 나은 사람과 비교하니
내가 초라하게 느껴졌습니다

쓴 웃음

상대가 가벼운 실수를 했을 때
먼저 인사를 했는데 상대가 받아주지 않을 때
당신의 부탁을 들어주지 않을 때
당신의 말을 중간에 자를 때
유머를 던졌는데 반응이 없을 때
당신에게 뼈있는 농담을 던질 때
상대가 약속시간에 늦을 때
미소는 아니더라도 쓴 웃음 한번 지어보세요
그때 만약 당신이 쓴 웃음을 짓지 않으면
속이 더 쓰릴 거예요

기다릴 필요가 없다

무지개를 보기 위해 소나기를 기다릴 필요가 없다
사랑을 하기 위해 이상형을 기다릴 필요가 없다
이웃을 돕기 위해 부자가 될 때까지 기다릴 필요가 없다
행복을 위해 그날이 올 때까지 기다릴 필요가 없다
성공을 위해 완벽한 기회가 올 때까지 기다릴 필요가 없다
지혜로운 사람이 되기 위해 나이 먹을 때까지
기다릴 필요가 없다
천국에 가기 위해 죽을 때까지 기다릴 필요가 없다

여성시대

여자들이 더 예뻐지고 있다
여자들의 목소리가 더 커지고 있다
여자들이 더 스마트해지고 있다
여자들의 세상이 왔다
우리 집도 그렇다

그렇다고 남자들이 걱정할 필요는 없다
여자들과 싸울 건 아니니까
여자들이 더 예뻐졌으면 좋겠다
그래야 눈이 즐거우니까
여자들이 더 행복해지기를 바란다
그래야 세상이 더 행복해지니까

행복한 사람

당신의 시를 가졌는가
당신의 시를 들어줄 사람을 가졌는가
당신의 시를 낭송할 기회를 가졌는가
그렇다면 당신은 행복한 사람이다

당신의 생각을 가졌는가
당신의 말을 들어줄 사람을 가졌는가
당신의 글을 읽어줄 사람을 가졌는가
그렇다면 당신은 다 가진 사람이다

첫사랑

진달래꽃이 필 때 만나 사랑을 하고
정월보름달을 보며 사랑을 맹세한 그녀

꽃보다 더 붉게 가슴을 물들인 사랑
이제는 차가운 추억이 되어 달 속에 숨었다

해마다 정월보름달 속에 그녀 모습 비치고
봄마다 진달래꽃 붉은 향기 되살아나니
나의 붉은 가슴은 언제 식을까

사람은 사랑이다

사람은 사랑으로 살아간다
사랑 때문에 웃고 사랑 때문에 운다

사람 사는 곳에 사랑이 없는 곳이 없다
노래에도 있고 드라마에도 있다

사랑을 노래하고 가르치는 곳은 많지만
사랑이 흐르는 곳은 많지 않다

지금 내 가슴에 사랑이 있을 때
노래하고 사랑하자

보물찾기

구순이 머지 않은 어머니와 이야기를 했다
어머니에게는 아직도 숨겨둔 이야기가 많았다

어머니와 음식을 먹었다
어머니에게는 아직도 숨겨둔 입맛이 많았다

어머니와 술을 마셨다
어머니에게는 아직도 숨겨둔 풍류가 있었다

어머니와 드라마를 보았다
어머니에게도 아직 빛바랜 사랑이 있었다

어머니는 가슴에 많은 것을 숨기고 사셨다
그것은 우리가 마음만 먹으면 찾을 수 있는 보물이었다

혼동하지 말자

고통과 불행을 혼동하지 말자
고통은 실제이고
불행은 마음의 상태이다

외로움과 고독을 혼동하지 말자
외로움은 혼자 있는 괴로움이고
고독은 혼자 있는 즐거움이다

긍정과 낙천을 혼동하지 말자
긍정은 어려운 현실을 이겨내려는 노력이고
낙천은 어려운 현실에 대한 자위이다

쾌락과 행복을 혼동하지 말자
쾌락은 맛이 좋은 음식이고
행복은 몸에도 좋은 음식이다

무식과 무지를 혼동하지 말자

무식한 것은 죄가 되지 않지만

무지한 것은 남에게 해를 끼쳐 죄가 된다

꿈보다 해몽

타인이 무심코 던진 말에 상처를 받고
타인이 무심코 지은 표정이 나를 괴롭힐 때가 있다
꿈보다 해몽이라는 말처럼
타인의 행동보다 그것에 대한 해석이 중요하다
타인이 우리에게 주는 상처보다
스스로 상처를 받는 일이 훨씬 많다
주는 사람도 없는데 상처를 받았다면
그것은 스스로 만든 것이다

극복

이해는 오해의 산을 넘어야 하고
사랑은 질투의 바다를 건너야 하고
성공은 실패의 늪을 지나야 하고
행복은 고통의 터널을 지나야 하고
용기는 두려운 일에 자신을 던져야 생기고
삶은 자신을 극복함으로써 깊어진다

사랑하는 법

보이지 않는 바람은 풍경소리가 말해주고
말하지 않는 사랑은 떨리는 손이 말해주지만
그래도 사랑을 표현하세요

보이지 않는 목소리로 사랑을 전하고
문자나 카톡으로 마음을 전할 수 있지만
그래도 가끔 만나세요

많은 사람을 두루 사랑하는 것도 중요하지만
더 끌리는 사람이 있으면
그 사람을 더 사랑하세요

용서

어차피 하게 된다
안 하면 내가 더 아프다
가슴 속에 타오르는 불덩어리 하나
이제 내려놓자
가슴이 시커멓게 타기 전에

용서는 상처를 덮고 가는 것이 아니라
상처를 씻고 가는 것이다
용서하는 것은 과거를 잊자는 것이 아니라
현재를 생각하자는 것이다

예상 밖의 결과

다른 사람에게 받은 비난보다
스스로에게 한 비난이 더 많다

총칼에 쓰러진 사람보다
말(言)에 쓰러진 사람이 더 많다

전쟁터에서 죽은 사람보다
침대에서 죽은 사람이 더 많다

생각한 대로 산 것보다
우연한 일로 삶이 바뀐 일이 더 많다

이유를 아는 사람

살아야 하는 이유
배워야 하는 이유
참아야 하는 이유
내려놓아야 하는 이유를 아는 사람은
어떤 일이 있어도 끝까지 해낼 수 있다

침묵해야 하는 이유
물러서야 하는 이유
받아들여야 하는 이유
기다려야 하는 이유를 아는 사람은
어떤 상황도 잘 극복할 수 있다

경계에서

겨울과 봄
봄과 여름
여름과 가을
가을과 겨울
자연은 경계가 애매하다

삶과 죽음
건강과 질병
행복과 불행
성공과 실패
삶의 경계도 그렇다

봄이 오면

봄이 오면 뭐하노

나의 봄은 언제 올지 모르는데

꽃이 피면 뭐하노

나의 꽃은 언제 필지 모르는데

누가 봄을 희망이라고 했나

나는 봄이 두렵다

봄이 금방 지나가기 때문이다

그래도 봄이 오면 기꺼이 맞으리라

잠시 머물다 가는 봄인데

눈길 가는 곳마다 꽃을 보고

발길 닿는 곳마다 봄을 즐기리라

신의 예상문제

죽어서 어떤 심판을 받을까요
신은 어렵게 심판을 하지 않을 것입니다
아마 이런 질문을 하지 않을까요

너는 신의 존재를 믿었느냐
너는 이웃을 사랑하였느냐
너는 행복하게 살았느냐

문제는 쉬운데
답은 참 어렵죠
원래 쉬운 게 어렵습니다

그때는 늦어요

꽃이 지기 전에 꽃놀이 한번 다녀오세요
비 오고 바람 불면 그때는 늦어요

사랑하는 사람이 곁에 있을 때 사랑한다고 말하세요
떠난 뒤에 후회하면 그때는 늦어요

음악이 흐를 때 노래하고 춤추세요
악사가 떠난 뒤 그때는 늦어요

아이들이 어릴 때 같이 시간을 많이 보내세요
꽃만 빨리 떨어지는 것이 아니랍니다

소풍 # 2

인생

인생을 위한 잠언시 35편

인생의 사계

나의 씨를 뿌리고 꽃을 피웠는가

나는 한번이라도 뜨거웠는가

나의 열매가 익을 때까지 참고 기다렸는가

나는 모든 것을 내려놓고 힘든 시간을 견뎌냈는가

열매 하나도 사계를 참고 기다려야 열리는데

인생은 얼마나 많이 참고 기다려야 할까

기도

나의 기도가 하늘을 감동시킬 수는 없지만
나 자신을 움직일 수는 있다
나의 기도가 다 이루어지지는 않겠지만
간절한 기도 몇 개는 이루어질 수 있다
하늘이 나의 기도를 들어주지 않더라도 실망하지 않겠다
기도를 통해서 내가 무엇을 간절히 원하는지 알았기 때문이다
그것으로 나의 기도는 이미 이루어진 것이다

삶의 의미

삶은 의미가 있다고도 할 수 없고
없다고도 할 수 없다
살면서 의미를 찾는 것이 아름다운 삶이다

삶은 의미가 있어서 아름답다고도 할 수 있고
의미가 삶을 아름답게 한다고도 할 수 있다
불행한 사람도 삶의 의미를 알면 참고 견딜 수 있다

더 많이 웃으며 걸어가리

가야 할 길도 아직 멀지만
지나온 길도 아득한 세월
힘든 일도 많았지만
웃고 지낸 시간이 더 많았네

힘든 일이 없었다면
크게 웃을 수가 있었을까
고통의 시간이 없었다면
이렇게 깊어질 수 있었을까

앞으로 가야 할 길에
어렵고 힘든 일도 많겠지만
그것이 나의 길이라면
피할 것도 무서워할 것도 없다

힘든 길은 참고 견디고
쉬운 길은 노래 부르며 가리
울고 웃으며 가는 인생길
더 많이 웃으면서 가리

아버지

아버지의 등이 좁게 보일 때가 있었다
아버지가 어두운 표정으로 돈을 셀 때가 있었다
아버지가 사소한 일에 화를 낼 때가 있었다
아버지가 술을 많이 마실 때도 있었다
그때는 아버지가 정말 힘들 때였을 것이다

나도 살면서 그럴 때가 있다
그럴 때마다 아버지가 생각난다
그러나 아버지는 안 계신다
내 아들이 나를 생각할 때 나는 거기에 없을 것이다
인생은 그렇게 흘러갈 것이다

결혼

외롭다는 이유로 결혼하면 안 된다

혼자 있을 때도 행복해야 같이 있을 때 행복할 수 있다

상대가 외로워 보여서 결혼하면 안 된다

결혼은 동정심으로 하는 것이 아니다

상대가 가진 것이 많다는 이유로 해서도 안 된다

결혼은 덕 보려고 하면 안 된다

비슷한 사람끼리 해야 오래 간다

사랑만으로 한 결혼은 아름답게 보이지만 위험하고

조건만으로 이루어진 결혼은 화려하게 보이지만 허술하다

사랑과 조건이 균형을 이룬 결혼이 아름답다

그래야 또 오래 간다

착각

행복하다는 것

불행하다는 것

사랑한다는 것

미워한다는 것

좋아한다는 것

싫어한다는 것

이것이 우리를 기쁘게도 하고 힘들게도 합니다

그러나 이런 것은 실제가 아닙니다

우리는 하루에도 수많은 생각을 하면서 살아갑니다

우리가 생각하는 것 중에서 많은 것들이 착각입니다

마음이 움직이며 만들어내는 조화입니다

이것만 알아도 우리는 그렇게

들뜨지도 괴로워하지도 않을 것입니다

개싸움

사육장에서 개 두 마리가 맹렬히 싸웠습니다
주인이 말려도 소용이 없었습니다
한참 후에 겨우 조용해졌습니다
그러나 개는 여전히 사육장 안에 갇혀 있었고
달라진 것이 없었습니다
개들은 무엇 때문에 그토록 싸웠을까요
인간이 싸우는 것을 개들이 보면 그런 생각을 할까요

그날이 오면

그는 너무 많은 것을 그날로 미루며 살아왔습니다
오늘도 그가 그토록 기다리던 그날입니다
그러나 그는 아직 그날이 오지 않았다며 또 미루었습니다
그의 하루는 항상 아직 오지 않은 그날입니다

많은 시간이 흐른 뒤 드디어 그에게 마지막 날이 왔습니다
그는 당황하며 그날 할 일을 하려고 했습니다
그러나 그에게는 남은 시간이 너무 적었습니다
그는 미루었던 그날을 아쉬워하며 떠났습니다

그날이 오면 할 수 있는 것을 지금 할 수는 없을까요
그날은 영원히 오지 않는 날입니다
그날이 바로 오늘이기 때문입니다

내일은 없다

내일은 없다
내일은 생각 속의 시간일 뿐
내일이 왔을 때는 또 다른 오늘이다

죽음은 없다
죽음은 생각 속의 현상일 뿐이다
죽음이 왔을 때는 나는 이미 거기에 없다

책과 사람

인생은 한 권의 책이다
너무 얇으면 무시하고
너무 두꺼우면 외면한다
한 번 읽기에도 시간이 아까운 책이 있고
몇 번을 읽어도 모자라는 책이 있다

사람도 그렇다
너무 겸손하면 무시하고
너무 거만하면 외면한다
한 번 만나고 스쳐 지나야 할 사람이 있고
어떤 일이 있어도 잡아야 할 사람이 있다

사랑과 이별

사랑할 때는 이별과 끝인 줄 알고
이별할 때는 사랑이 끝인 줄 안다
그러나 사랑은 이별을 품고 있고
이별이 사랑을 깊게 만든다
이별은 사랑의 끝이 아니라
또 다른 사랑의 시작이다
삶에서 죽음도 그럴 것이다

모험

인생은 모험이다

지금은 당연하게 생각하는 것도

처음에는 모험이었다

자전거를 타는 것

운전을 하는 것

스케이트를 타는 것

지금 우리가 즐기는 것들은

처음에는 모두 모험에서 시작되었다

그런데도 사람들은 모험을 두려워한다

가장 큰 모험은 아무 것도 하지 않는 것이다

넘어지지도 않았지만 아무 것도 해보지 못하고

생을 마감하는 것

그것이 인생의 가장 큰 모험이다

삶과 그대

삶은 그대를 속이지 않는다
속았다면 그대에게 삶의 지혜가 부족한 것이다

삶은 그대를 괴롭히지 않는다
지금 괴롭다면 그대에게 삶을 살아갈 능력이 부족할 뿐이다

삶은 그대만을 사랑하거나 미워하지 않는다
삶은 무심히 흘러가는데 그대의 마음이 흔들릴 뿐이다

삶의 문제는 답이 있어서 해결되는 것이 아니라
그대가 성숙해지면 문제가 되지 않는다

울고 웃는 세상

지금 울고 있는 사람도
나중에 웃을 때가 있을 것이고
지금 웃고 있는 사람도
나중에 울 일이 있을 것이다
울다가 웃고 웃다가 우는 세상
울 때는 펑펑 울고 웃을 때는 활짝 웃자
울 때는 웃을 날이 있다는 것을 생각하고
웃을 때는 울 날도 있다는 것을 잊지 말자

묻지 마라

노인에게 나이를 묻지 마라

이미 가버린 세월이다

스님에게 왜 출가했느냐고 묻지 마라

이미 속세를 떠난 사람이다

나를 떠난 사람에게 이유를 묻지 마라

자신이 더 초라해진다

연인에게 과거를 묻지 마라

상대를 거짓말쟁이로 만들 뿐이다

왜 사느냐고 묻지 마라

또 헛웃음 웃는 것을 봐야 한다

처음 알았다

노름을 하다 가진 돈을 다 잃었다
내가 가진 돈이 많았다는 것을 처음 알았다
산행을 하다 길을 잃었다
지금까지 산행을 쉽게 했다는 것을 처음 알았다
운동을 하다 다리가 부러졌다
걸을 수만 있어도 행복하다는 것을 처음 알았다

왜 사는가

살고 싶어서 사는 것일까

살아야 하니까 사는 것일까

하고 싶은 일이 있어서 사는 것일까

살기 위해서 하고 싶은 일을 만드는 것일까

사랑해서 즐거운 것일까

즐겁게 살기 위해서 사랑을 하는 것일까

왜 사는지 모르고 사는 사람은

삶의 고비마다 흔들리며 살아갈 것이다

인생역전

9회말 투아웃의 야구

후반 42분의 축구

드물지만 둘 다 역전은 가능하다

인생도 그렇다

당신도 지금과 완전히 다른 삶을 살 수 있다

하지만 당신이 경기를 하고 있어야 가능하다

그 날

모든 사람은 시한부인생이다
다만 그 때를 모르고 살 뿐이다
그러다 언젠가는 그 날이 온다

지금부터 시한부인생을 살아보자
3개월부터 시작해보자
연습은 실전같이 해야 한다

죽기 전에 꼭 하고 싶은 일을 해보자
그 날이 오기 전에 다 못해도 좋다
그 날이 오면 아직 살아있는 자신에게 감사하자

언젠가는 실제상황이 되는 그 날이 올 것이다
연습을 한 사람은 그 날이 와도 놀라지 않을 것이다
그 날이 와도 실전을 연습같이 담담하게 할 수 있을 것이다

인생

강물이 흘러도 소용돌이가 있고
새가 머물다 날아가도 가지가 흔들리는데
어찌 삶에 흔들림이 없겠는가

동네 산도 오르막 내리막이 있고
한 소절 노래에도 높낮이가 있는데
어찌 삶에 굴곡이 없겠는가

소나무에도 옹이가 있고
대나무에도 마디가 있는데
어찌 삶에 상처가 없겠는가

꿈

꿈을 꾸면서도 꿈이었으면 좋겠다고 생각한 적이 있다
뺨을 꼬집어보니 아팠다
꿈이 아니었다
섬뜩했다
한참을 헤매다 깨어보니 그 또한 꿈이었다
다행이었다

살면서도 꿈이었으면 좋겠다고 생각한 적이 있었다
뺨을 꼬집어보니 역시 아팠다
꿈이 아니었다
너무 힘들었다
이 모든 것이 꿈이라면 얼마나 좋을까
아득하기만 하다

잊었는가

지금 잘 나가는 사람들아
잊었는가
당신도 한때는 올챙이 시절이 있었다는 것을

지금 잘 사는 사람들아
잊었는가
당신도 한때는 힘들고 괴로워했다는 것을

지금 헤어지려는 사람들아
잊었는가
영원히 변치말자며 사랑을 맹세하던 그 말을

지금 피끓는 젊은이들아
잊었는가
당신의 청춘도 번개처럼 지나간다는 것을

지금 죽으려고 생각하는 사람들아

잊었는가

하늘에 죄짓는 것 중에 자살보다 더 큰 게 없다는 것을

함부로 욕하지 마라

냄비근성이라고 함부로 욕하지 마라
뜨거워야 할 때 뜨겁고
식어야 할 때 식는 것이 순리가 아니더냐

쩨쩨하다고 함부로 욕하지 마라
친구 보증만 서주지 않았다면
삼겹살에 소주 정도는 살 수 있다

사람이 변했다고 함부로 욕하지 마라
원래 변하는 것이 사람인데
철석같이 믿은 당신이 바보다

남의 속도 모른다고 함부로 욕하지 마라
언제 속을 한 번이라도
보여준 적이 있었더냐

괜찮다고 하여라

사는 것이 힘들 때 누가 묻거든 괜찮다고 하여라

속상한 일이 있을 때 누가 묻거든

괜찮다고 하여라

넘어져서 일어날 때 누가 묻거든

괜찮다고 하여라

걱정이 밀물처럼 밀려올 때도

괜찮다고 하여라

그런 사람에게는 운명도 어찌할 수 없기에

정말 괜찮은 삶을 살 수 있을 것이다

그런 사람 없습니다

진정한 이타주의자는 없습니다
이기주의자로는 살아가기가 어렵다는 것을
알기 때문입니다

진정으로 겸손한 사람은 없습니다
겸손하게 행동하는 게 자신을 더욱 돋보이게 한다는 것을
알기 때문입니다

먼저 주고 싶은 사람은 없습니다
먼저 주어야 나중에 더 많이 받는다는 것을
알기 때문입니다

진정한 도덕주의자는 없습니다
양심을 지키지 않았을 때 오는 가책을 참기 어렵다는 것을
알기 때문입니다

자신의 약점을 드러내고 싶은 사람은 없습니다

약점을 스스로 드러내면 더 이상 약점이 아니라는 것을

알기 때문입니다

풍경소리

바람 따라 흔들리는 풍경도
아무 바람이나 소리를 내지 않는다
소소한 바람에는 침묵을 지키다가
바람이 세게 불 때만 자신의 존재를 알린다

조금만 흔들려도 소리를 내는 풍경이나
바람이 세게 불어도 소리가 나지 않는 풍경은 쓸모가 없다
자신의 소리를 내어야 할 때와
침묵해야 할 때를 아는 풍경처럼 나도 그렇게 살고 싶다

침대

지친 몸을 받아주는 것도 침대고
일어나야 할 몸을 잡는 것도 침대다
침대는 가구가 아니라 사랑이다
너무 멀리 할 수도
너무 가까이 할 수도 없는
그런 얄궂은 사랑이다
가까이 할 때는
온몸으로 사랑했다가
떠날 때는 미련없이 떠나야 하는
그런 얄미운 사랑이다

오리

오리를 우습게 보지 마라
치타처럼 달리지도 못하고
뱀장어처럼 헤엄치지도 못하고
독수리처럼 날지도 못하지만
땅에서는 걷고
물에서는 헤엄치고
하늘을 날 줄도 안다
하나를 잘 하는 것도 좋지만
오리처럼 조금씩 두루 잘 하는 것도 필요하다
산전 수전 공중전이 필요할 때는 오리가 최고다
거기다가 독이 있는 유황을 먹어도 끄떡없으니
화학전까지 할 수도 있다

마음 내려놓기

금연을 결심한 사람이 담배를 적으로 생각하면 실패한다
적으로 생각하는 순간 담배가 더 당긴다
금주를 생각한 사람은 술자리를 피할 필요가 없다
술을 보고도 마시지 않아야 금주를 하는 것이다
잊고 싶은 사람을 억지로 잊으려고 하면 잊을 수가 없다
잊으려는 마음이 없어야 정말 잊은 것이다

내일부터

내일부터 금연하겠다는 말
내일부터 헬스클럽에 등록하겠다는 말
내일부터 아침 6시에 일어나겠다는 말이 진정인가요
오늘이 어제까지 그토록 사랑하던 내일이 아닌가요
당신이 내일부터를 지금부터로 바꾸면
당신이 무슨 말을 하더라도 믿겠어요

당당하게 사세요

무엇을 하든 당당하게 행동하세요
달리는 자전거는 쓰러지지 않습니다
당신이 무엇을 팔든 당당하게 파세요
양심만 팔지 않으면 됩니다
당신이 어떤 자리에 있든 당당하게 일하세요
자리가 중요한 게 아니라 일하는 자세가 중요합니다
당신이 누구를 만나든 당당하게 하세요
당당할수록 상대가 당신에게 호감을 가집니다
현실이 초라하게 느껴지더라도 당당하게 다니세요
어깨가 넓어야 행운의 여신이 내려앉지요

어디까지 내 것인가

내 몸이 내 것인가
내 마음이 내 것인가
내 자식이 내 것인가
내 아내 내 남편이 내 것인가
내 집 내 돈이 내 것인가
내 것이 어디 있는가

모두가 잠시 만난 인연이고
원래 내 것은 없다
내 것은 내가 한 행동뿐이다
선한 것이든 악한 것이든
죽어서도 내 이름에 따라다닌다

놀랄 일이 아니다

잘 다니던 직장에서 나온다고 해도
자식이 외국사람과 결혼한다고 해도
같이 살던 사람이 이혼하자고 해도
잘 나가던 사람이 갑자기 추락했다고 해도
별 볼일 없던 사람이 어느 날 떴다고 해도
믿었던 친구가 등을 돌린다고 해도
놀랄 일이 아니다
살아가면서 얼마나 많이 자라와 솥뚜껑을 보아야 할까

진짜 이유

아이가 넘어져서 우는 것은
아파서 그런 것이 아니라
넘어졌다는 사실 때문이다

홀로 있을 때 외로운 것은
혼자라서 그런 것이 아니라
아무도 찾아오지 않는다는 사실 때문이다

상대의 거절에 속이 상한 것은
자신의 부탁이 거절된 것이 아니라
자신이 무시당한 것이라 생각하기 때문이다

친구의 죽음이 슬픈 이유는
친구가 죽었다는 사실이 아니라
자신도 결국 죽을 것이라는 사실 때문이다

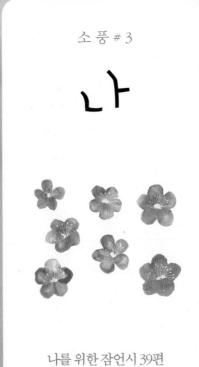

소풍 # 3

나

나를 위한 잠언시 39편

진정한 공부

시험을 위한 공부는 공부가 아니다

진정한 공부는 시험이 끝난 후에 하는 공부다

억지로 하는 공부는 공부가 아니다

진정한 공부는 하고 싶어서 하는 공부다

진학을 위한 공부는 공부가 아니다

진정한 공부는 진학 후에 하는 공부다

자격증을 위한 공부는 공부가 아니다

진정한 공부는 인격의 성숙을 위한 공부다

지식만을 위한 공부는 진정한 공부가 아니다

지식과 지혜의 조화를 이룬 공부가 진정한 공부다

나만의 공간

마음이 울적할 때 울 수 있고
나의 꿈을 키울 수 있고
나만의 비밀스런 일을 할 수 있는
나만의 공간이 필요하다
외롭고 지친 영혼이 쉴 수 있고
상처받은 나를 달래줄 수 있고
세상에 구애받지 않고 살 수 있는
나만의 방이 필요하다
그 방은 크든 작든 상관없다
그 방에서는 누구나 꿈꾸는 사람이 되고
철학자가 되며 진정한 내가 된다

생각과 말

몸이 영혼을 담는 그릇이라면
말은 생각을 담는 그릇이다
생각이 빈약한 사람은
해줄 말이 적으면서 하고 싶은 말이 많고
생각이 넘치는 사람은
해줄 말은 많지만 하고 싶은 말이 적다
생각이 얕은 사람의 말은 거칠고 단순하며
생각이 깊은 사람의 말은 부드러우며 단순하다
그 사람의 생각이 그 사람의 말이며
그 사람의 말이 그 사람의 깊이다

그녀가 나에게 물었다

그녀가 나에게 물었다
그 후 나는 그녀에게 끌렸다
시간이 있느냐고 물었다
나에게 하고 싶은 말이 있다는 것을 알았다
어떤 책을 좋아하느냐고 물었다
내가 어떤 생각을 하고 있는지 알고 싶다는 것을 알았다

취미가 무엇이냐고 물었다
나의 일상에 대해 알고 싶다는 것을 알았다
왜 사느냐고 물었다
나의 인생에 관심이 있다는 것을 알았다
그녀가 물을 때마다 나의 세계가 조금씩 열렸다
그녀가 나에게 물을 때마다
나는 그녀에게 조금씩 끌리고 있다는 것을 알았다

내 안에 있다

어렸을 때 뛰놀던 운동장은 갈수록 작게 보이는데
헤어진 첫사랑은 왜 갈수록 좋게 보이는가
잘 아는 여자는 그저 그렇게 보이는데
모르는 여자는 왜 그렇게 예쁘게 보이는가
옛날 짜장면은 맛있었는데
요즘 짜장면은 왜 맛이 없는가
세상은 변한 것이 없는데 내가 변했기 때문이다
세상의 모든 문제는 나 자신에게 있고 답도 내 안에 있다

우리를 힘들게 하는 것

봄이 두렵다

그 화려한 꽃의 유혹을 어떻게 이기나

여름도 두렵다

무성한 가지로 태풍을 어떻게 견디나

가을도 두렵긴 마찬가지다

불타는 단풍이 지는 것을 어떻게 보나

그러나 겨울은 견딜 수 있을 것 같다

다 내려놓고 나면 두려울 것이 없을 것 같다

우리를 힘들게 하는 것은

가지고 있는 것을 내려놓지 못하기 때문이다

대중과 다르게

대중은 평범하다

대중은 행복하지 않다

행복하게 살려면 대중과 달라야 한다

대중은 TV와 폰을 가까이 한다

스마트하게 살려면 스마트폰을 멀리 해야 하고

행복하게 살려면 TV를 멀리 해야 한다

대중은 책을 멀리 한다

남보다 비범하게 살려면 좋은 책을 가까이 해야 한다

왜 나만 피박일까

이런 생각이 들 때가 있다
신은 나의 화투패를 보고 있는 것일까
왜 하필이면 나에게 힘든 패를 돌리는 것일까
왜 나만 피박일까

그러나 신이 돌리는 화투는 공평하다
들어가야 할 때 죽고
죽어야 할 때 들어간 내 탓이다
피를 먹어야 할 때 광을 먹고
스톱해야 할 때 고를 부른 나의 잘못이다

왜 말의 목을 베었나

말 위에서 졸다가 천관녀의 집을 다시 찾은 김유신 장군

그는 비장한 각오로 말의 목을 베었다

그가 보여준 것은 용기가 아니라 비겁함이었다

그가 베어야 할 것은 말의 목이 아니라

자신의 약한 마음이었다

말만 억울하게 죽었다

자신의 강함을 보여주어야 할 대상은

세상의 약한 존재가 아니라 바로 자신이었다

가득 찬 사람

강한 사람은 강한 것처럼 행동하지 않는다

사랑하는 사람은 사랑하는 것처럼 행동하지 않는다

속이 찬 사람은 겉이 화려하게 보이지 않는다

소신이 있는 사람은 남의 눈을 의식하지 않는다

말을 잘 하는 사람은 달변가가 아니다

행복한 사람은 행복을 말하지 않는다

가득 찬 사람은 일부러 드러내지 않는다

무엇이 그 사람인가

그 사람의 자리가 그 사람이 아니다

그 사람의 옷이 그 사람이 아니다

그 사람의 차가 그 사람이 아니다

그 사람의 집이 그 사람이 아니다

그 사람의 말이 그 사람이 아니다

그 사람의 행동이 그 사람이다

자주 웃으세요

생각이 바뀌면 표정이 바뀌고
표정이 바뀌면 얼굴이 바뀌고
얼굴이 바뀌면 운명이 바뀝니다
얼굴을 바꾸는 가장 좋은 방법은 웃는 것입니다
사진 찍을 때만 억지로 웃지 말고 자주 웃으세요
당신이 자주 웃으면 행운의 여신도 미소를 지을 것입니다

자신을 극복하는 사람

뭇사람을 다스리는 사람도
자신을 다스리기 어렵고
높은 산을 넘는 사람도
자신을 넘기 어렵고
세상을 다 아는 사람도
자신을 알기 어렵고
세상 시름 다 잊는 사람도
자신을 잊기 어려우니
가장 무서운 적은 자신이고
가장 큰 장애물도 자신이다

자신만의 영웅

영웅들은 환경을 탓하지 않았다
그들은 환경을 극복했다
영웅들은 운명을 탓하지 않았다
그들은 운명을 사랑했다
영웅들 중에 일찍 아버지를 잃은 사람이 많았다
그래서 그들은 일찍 강한 사람이 되었고
위대한 역사를 만들었다
우리 모두가 영웅이 될 수는 없지만
자신의 역사를 위대하게 만들 수는 있다

내 생각대로 산다

내가 자랑스럽게 생각하는 것
부끄럽게 생각하는 것
가슴 아프게 생각하는 것을
다른 사람들도 그렇게 생각할까
그들은 나만큼 내 문제를 깊이 생각하지 않는다
그들도 자신에 대해
다른 사람들이 어떻게 생각하는지를 생각하는 데
정신이 쏠려 있을 것이기 때문이다
나의 생각이 항상 옳은 것은 아니겠지만
나만큼 내 문제를 깊이 생각한 사람은 없다
그래서 내 생각대로 세상을 사는 것이 맞다

희망

우물은 두레박을 던지는 사람에게 물을 주고
연못은 낚싯대를 드리우는 사람에게 물고기를 주고
삶은 길을 찾는 사람에게 길을 열어줍니다
지금 두레박이 새고
물고기가 잡히지 않아도 계속 하세요
희망이 없더라도 삶은 계속 되어야 합니다
희망이 있어서 사는 것이 아니라
살아야 하기 때문에 희망을 가지는 것입니다
희망은 앞이 보이지 않을 때 더 필요한 것입니다

술

술은
너무 가까이 하면 가시에 찔리고
너무 멀리 하면 향기가 없는 장미와 같은 것
너무 가까이 하면 뜨겁고
너무 멀리 하면 추운 난로와 같은 것
처음 볼 때는 무지갯빛이지만
너무 오래 보면 잿빛 하늘로 변하는 것

술은
평생 멀리 할 수도 없고
너무 가까이 할 수도 없는 두 얼굴의 여인이다
술이 있으면 즐기고
없으면 애써 찾지 않는 사람이
주선(酒仙)의 경지다

초점

무엇을 하기에 가장 좋을 때가 있을까
젊었을 때는 경험이 없고
나이가 들면 힘이 없고
잘 나갈 때는 시간이 없다

모든 것을 다 가지고 하는 사람이 있을까
하나가 있으면 다른 하나가 없고
이것이 있으면 저것이 없다
그러면서도 무엇인가를 하고 있다

없는 것에 초점을 맞추면 되는 일이 없고
있는 것에 초점을 맞추면 안 될 것도 없다
어디에 초점을 맞추는가에 따라
될 수도 있고 안 될 수도 있다

책임

배안에서 일어나는 문제는 선장의 책임이고
집에서 일어난 문제는 가장의 책임이고
나에게 일어난 문제는 내 책임이다

길을 걷다 넘어진 것은 돌부리의 책임이 아니다
사기꾼에게 속은 것도
다른 사람과 다툰 것도 상대의 책임이 아니다

문제의 책임은 항상 나 자신에게 있다
상대에게 문제가 있다고 하더라도
그런 사람과 관계를 맺은 내 책임이다

문제의 원인을 외부로 돌리는 사람은
환경이 바뀌어도 문제를 피할 수 없지만
문제의 원인을 자신에게 돌리는 사람은
어떤 환경에서도 문제를 해결할 수 있다

빼지 마라

누군가 노래 한곡 부탁하거든 빼지 마라
가수의 노래가 아니라 당신의 노래를 듣고 싶은 것이다
누군가 한말씀 부탁하거든 빼지 마라
들어줄 사람이 있을 때가 좋을 때다
누군가 한잔 하자고 하거든 빼지 마라
외로운 사람의 말을 들어줄 때가 왔다
누군가 큰 모임에 오라고 하거든 그때는 빼도 된다
그런 자리는 당신 아니어도 자리를 채울 사람이 많다

당신은 어떤 사람인가요

외로울 때
친구를 만나는 사람이 있고
자신을 만나는 사람이 있다

힘들 때
고개를 숙이는 사람이 있고
하늘을 쳐다보는 사람이 있다

비난을 받을 때
상대를 돌아보는 사람이 있고
자신을 돌아보는 사람이 있다

화가 날 때
큰 소리를 치는 사람이 있고
큰 소리를 치려는 자신을 보는 사람이 있다

평생공부

정말 필요한 것은 학교에서 가르쳐주지 않더라

정말 중요한 것은 정답이 없더라

배운 것을 써먹을 수 있는 시간이 너무 짧더라

내가 알고 있는 것은 남도 금방 알게 되더라

세상에는 숨은 고수들이 정말 많더라

구글이나 네이버에도 없는 것이 있더라

생각보다 세상은 빨리 바뀌더라

남의 머리를 빌려도 내 수준만큼만 빌릴 수 있더라

그러니 사는 동안 평생 공부를 해야겠더라

공부하는 동안은 세월도 잠시 멈춰 서더라

봄기운

새벽에 울리는 풍경소리

바람이 울렸나 봄기운이 울렸나

찬바람은 나를 움츠리게 만들고

봄기운은 부드럽게 나를 깨운다

봄은 꽃샘추위와 함께 오고

행복은 고통과 함께 온다

삭풍 속에 맺힌 꽃봉오리가 봄에 피어나니

그 향기 더욱 진하다

실패

나의 첫 걸음은 실패로 끝났다

그러나 지금 잘 걷고 있다

나의 첫 사랑은 실패로 끝났다

그러나 지금 다른 사람과 잘 살고 있다

나의 첫 작품은 실패로 끝났지만

그 후 멋진 작품을 많이 만들었다

우리의 처음 시도는 대부분 실패로 끝났지만

그것은 끝이 아니었다

그것은 성공의 시작이었다

질문

더 나은 방법은 없을까

더 좋은 사람이 되려면 어떻게 해야 할까

다른 사람을 행복하게 하려면 어떻게 해야 할까

오늘보다 더 나은 내일을 살려면 어떻게 해야 할까

더 깊고 넓은 사람이 될 수 없을까

나의 장점을 알고 더 키우려면 어떻게 해야 하나

질문은 더 나은 삶을 여는 열쇠다

질문하지 않으면 현재에 머물고

질문의 수준만큼만 성장할 수 있다

내가 만든 일

누가 나의 자존심을 건드렸나
누가 나에게 돌직구를 날렸나
누가 나를 비웃었나
처음에는 다른 사람이 그렇게 한 줄 알았다
나중에야 그것이 다 내가 만든 일이라는 것을 알았다
그후부터 타인 때문에 아파하지 않았다

인간적인 사람

유혹에 쉽게 넘어가는 사람도 문제지만
유혹에 전혀 흔들리지 않는 사람도 문제다
조금은 흔들리면서
자신의 길을 가는 사람이 인간적이다

후회를 하지 않는 사람도 없겠지만
후회에 발목 잡혀 앞으로 나가지 못하는 사람도 문제다
조금은 후회를 하면서
자신의 길을 가는 사람이 인간적이다

자신이 넘쳐 아무데나 나서는 사람도
자신이 없어 어디에도 나서지 못하는 사람도 문제다
자신이 나서야 할 곳을 알고
두렵지만 용기를 가지고 나서는 사람이 인간적인 사람이다

운이 좋았던 거북

거북은 운이 좋았고 그래서 이겼다
오래 살다 보니 그런 행운을 누렸을 뿐이다
토끼가 경기 중에 낮잠을 자는
그런 행운은 다시는 오지 않는다
거북은 토끼와 달리기가 아니라 수영을 했어야 했다
상대의 강점은 피하고 약점을 찾아 승부를 했어야 했다
거북이 절대 하지 않아야 할 종목은 뒤집기다

지혜로운 사람

지금이 행복한 때인 줄 알려면
이 시간이 지나봐야 한다
여기가 좋은 곳인 줄 알려면
이곳을 떠나봐야 한다
그 사람이 좋은 사람인지 알려면
그 사람을 떠나봐야 한다
지금, 여기, 그 사람이 좋은 줄 아는 사람이
지혜로운 사람이다

거울을 보며

거울 속에 비친 내 모습이 사랑스러울 때가 있다
오래 본다
잘 살아왔다는 생각이 든다

가끔 내가 측은한 생각이 들 때가 있다
고개를 돌린다
살면서 많이 힘들었다는 생각이 든다

가끔 자신이 낯설게 보일 때가 있다
그 동안 나와 진정한 대화를 못했다는 생각이 든다
다시 오래 본다
오래 보니 다시 사랑스럽다

숯

지금은 식었지만

다시 뜨겁게 살고 싶다

존재는 가볍지만

하나도 남김 없이 다 태우고 싶다

색깔은 검지만

다른 사람을 위한 붉은 존재이고 싶다

이 몸이 가루가 되어도

세파의 티끌을 모두 안고 가고 싶다

다이아몬드가 되지는 못하였어도

남을 뜨겁게 해주는 소중한 존재로 다시 살고 싶다

알고 보면

웃고 있어도 울고 있는 사람이 있다
자신 있게 보이는 사람도 흔들리고 있다
화려한 꽃 속에도 시든 꽃이 있다
유유히 흐르는 강물에도 소용돌이가 있다
모든 생명은 흔들리며 남모르는 아픔이 있다
알고 보면 모두가 그렇게 살아가고 있다

내 안의 또 한 사람

한 사람은 알람 소리를 듣고 바로 일어나려고 하고
또 한 사람은 5분만 더 있다가 일어나려고 한다
한 사람은 화를 내며 큰 소리로 말하려고 하고
또 한 사람은 참고 작은 목소리로 말하라고 한다
한 사람은 핑계를 대며 피하려고 하는데
또 한 사람은 잘될 거라며 해보라고 한다
내 안에 또 한 사람이 살고 있다
나는 그 사람의 손을 들어주고 싶다

새해 기도

한 살 더 먹어도
얼굴에는 흔적이 남지 않게 해주소서
힘든 일이 일어나지 않기를 바라지 않습니다
그런 일을 담담하게 받아들일 수 있는 힘을 주소서

저의 웃음과 배려가 사람들의 가슴에서
꽃이 되고 향기가 되도록 해주소서
많은 돈을 버는 것도 좋지만
돈에서 벗어나도록 해주소서

삶이 더욱 깊어지고
의미를 생각하며 살도록 해주소서
저의 말로 행복해지는 것보다
저의 행동으로 행복해지는 사람이 많도록 해주소서

많이 아는 것보다

아는 것을 실천하도록 해주시고

저의 잣대로 사람들을 판단하지 않고

지금 그대로 사랑하게 하시며

저의 기도가 다 이루어지길

간절히 기도드리며 그렇게 되길 믿나이다

자신을 다스린다는 것

신은 인간에게 많은 능력을 주었지만
세상을 다스리는 능력은 주지 않았다
그것은 신의 영역이기 때문이다
그 대신 인간에게 자신을 다스릴 수 있는 힘을 주었고
인간이 그 사실을 쉽게 알지 못하도록 하였다
그것은 인간의 오만함을 막기 위한 신의 의도였다
하지만 신은 자신의 의도를
인간이 스스로 깨닫게 하기 위하여 고난을 주었고
그때마다 인간은 세상과 자신을 조금씩 알게 되었다

자신을 사랑한다는 것

자신을 사랑한다는 것은
신의 뜻을 아는 것이고
타인을 사랑한다는 것은
신의 뜻을 실천하는 것이다

세상이 아름답게 보이는 것은
자신에 대한 사랑이 있기 때문이고
세상을 아름답게 만드는 것은
타인에 대한 사랑이 있기 때문이다

당신 탓입니다

바람개비가 다 돌지 않으면 바람 탓이지만
몇 개만 돌지 않는다면 바람개비 탓입니다
몇 사람이 마음에 들지 않는다면 그 사람들 탓이지만
세상 사람들이 다 싫어진다면 그건 당신 탓입니다

왕따를 시키는 사람들도 문제지만
당하는 사람도 문제가 있습니다
나를 버리고 가는 사람이 있다면
상대를 탓하기 전에 자신을 먼저 돌아봐야 합니다

우리가 원하는 대로 바람을 불게 할 수는 없지만
바람이 부는 방향으로 바람개비를 돌려놓을 수는 있습니다
세상 사람들을 내 마음대로 움직일 수는 없지만
그들이 움직이는 방향으로 내가 갈 수는 있습니다

나를 만드는 것

내가 먹는 음식이 나의 몸을 만들고

내가 읽는 책이 나의 정신을 만들고

내가 만나는 사람이 나의 삶을 만듭니다

입에 맞는 음식보다 몸에 맞는 음식을 먹고

나를 잊게 하는 책보다 나를 찾게 하는 책을 보고

나를 즐겁게 하는 사람보다 나를 깊게 하는 사람을 만나세요

질투

가까운 사람의 성공을 보고 질투가 없다면 거짓말입니다

당신을 질투하는 사람을 미워하지 마세요

그 사람은 당신을 부러워하는 사람입니다

당신처럼 되고 싶은데 그렇게 못해서 시샘이 나는 것입니다

당신도 누군가에게 질투심을 느낄 때가 있겠지요

그때 당신을 부끄럽게 생각하지 마세요

당신이 지금보다 더 나은 사람이 되고 싶은 욕망 때문입니다

질투가 우리를 힘들게도 하지만 질투가 있어 여기까지 왔습니다

질투는 마음속의 불과 같습니다

잘 다루면 뜨거운 사람이 되지만

잘 못 다루면 다 태워버리는 불입니다

소 풍 # 4

관계

관계를 위한 잠언시 37편

당신은 그렇게 하지 않았습니다

당신은 밥투정을 하지 않았습니다
그래서 나는 요리를 잘하는 사람이 되었습니다
당신은 나에게 큰 소리로 말하지 않았습니다
그래서 당신의 작은 소리에도 귀를 기울였습니다
당신은 나를 의심하지 않았습니다
그래서 당신에게 더욱 진실한 사람이 되었습니다
당신은 나에게 화를 내지 않았습니다
그래서 당신이 더욱 큰 사람이라고 생각했습니다
당신은 한번도 나를 비난하지 않았습니다
그래서 나를 더욱 돌아보는 사람이 되었습니다

관계

관계란 서로 주고받으며
균형을 잡아가야 오래 간다
한쪽에서 주기만 하거나
한쪽으로 기울면 관계가 무너진다
한쪽이 너무 앞서거나
너무 뒤져도 관계가 깨진다
너무 뜨겁거나 힘들면 오래 못 간다
적당히 거리를 두고 내려놓아야 오래 간다

선의의 거짓말

공부를 잘 못하는 자식을 둔 사람에게 하는 말
공부가 인생의 전부가 아닙니다
가난 때문에 힘들어하는 사람에게 하는 말
돈이 행복의 전부가 아닙니다
부모의 죽음 앞에서 울고 있는 사람에게 하는 말
부모 앞에서는 모두가 불효자입니다
속으로 간장이 스며들어 괴로워하는 알에게 꽃게가 하는 말
저녁이야 불 끄고 잘 시간이야(*)

(*) 안도현의 〈스며든다는 것〉 중에서

무승부

우리는 이기는 데 너무 집착하여
무승부가 되면 승부가 날 때까지 계속 한다
이기는 것이 중요한 게 아니다
전략적 패배라는 것도 있다
크게 이기기 위해 작게 져주는 것이다
인간관계는 무승부가 가장 좋다
승부가 나는 순간 관계는 깨진다
행복한 부부는 영원한 무승부다

멀리 가려면

문제는 가까운 사람끼리 생긴다
멀리 가려면 적당한 거리가 필요하다
가까울수록 지킬 것은 지켜야 한다
문제는 잘 나갈 때 생긴다
오래 가려면 적당한 속도가 필요하다
잘 나갈수록 브레이크를 생각해야 한다

인간은 저마다 군자다

인간은 저마다 군자다

자신 안에 좋은 말과 행동이 있다

인간은 저마다 폭군이다

자신 안에 폭언과 폭력이 있다

인간은 저마다 왕국이다

자신만의 세계가 있고 그곳에서는 왕이다

인간은 저마다 꽃이다

누구나 자신만의 향기가 있다

인간은 저마다 불꽃이다

자신 안에 열정이 있다

상대를 잘 다루면 향기에 취하지만

잘 못 다루면 뜨거운 맛을 보게 된다

가장 가까운 사람

가장 가까운 사람을 소홀히 할 때가 있다
가족이 그렇다
가장 가까운 사람에게 상처를 줄 때가 있다
배우자에게 그렇게 한다
가장 사랑해야 할 사람에게 무심할 때가 있다
자신에게 그렇게 할 때가 너무나 많다

갈등

꽉 끼어 꼼짝도 하지 않는 그릇 두 개
똑 같아서 그렇다
하나가 좀 더 크면 그런 일이 없다
서로 같으니 갈등이 생긴다

아이는 아이끼리 싸우고
개는 개끼리 싸운다
한 사람이 더 나은 사람이 되면
싸움은 일어나지 않는다

소통

자신의 생각이 항상 옳다고 생각할 때

말을 하지 않아도 상대가 알 거라고 생각할 때

만장일치로 통과될 때

한 사람이 말하고 다른 사람들은 받아 적을 때

반대의견을 말하는 사람을 이상한 사람으로 볼 때

더 이상 이야기하고 싶지 않을 때

이럴 때가 정말 소통이 필요할 때다

공감

상대와 같이 느끼는 것이지

상대와 같은 생각을 하는 것이 아니다

상대의 신발에 자신의 발을 넣어보는 것이지

그 신발을 신고 걸어가는 것이 아니다

상대와 같은 노래를 부르는 것이지

같은 음정을 내는 것이 아니다

상대의 말을 들어주는 것이지

상대에게 해답을 주는 것이 아니다

함부로 하지 마라

배수진 함부로 치지 마라
잘못 치면 전멸이다
남의 말 함부로 하지 마라
잘못하면 싸움난다
잘난 체 함부로 하지 마라
잘못하면 돌 맞는다
있는 체 함부로 하지 마라
잘못하면 친구가 떠나간다
함부로 충고하지 마라
어떤 경우에도 역효과다

유머

유머는 반전이다
예상할 수 있으면 유머가 아니다
유머는 허를 찌르는 기습이다

유머는 인격이다
꽃도 잎이 받쳐주어야 예쁘고
유머도 넘쳐나는 인격이 있어야 빛난다

유머는 타이밍의 예술이다
기회는 바람처럼 지나간다
순간을 포착할 수 있어야 한다

유머는 언어의 유희다
적절한 언어와 억양이 만들어내는 마술이다
말장난인 줄 알면서도 뻥 터진다

유머는 상황장악이다

유머를 하려면 상황을 파악할 줄 알아야 한다

적절한 유머를 터뜨리는 사람이 상황을 장악한다

질문과 대답

우리는 거의 질문을 하지 않는다
상대가 대답하지 않을 수도 있고
질문이 적절하지 않을 수도 있기 때문이다

우리는 질문에 거의 대답을 하지 않는다
대답이 틀릴 수도 있고
잘난 척 하는 사람으로 보일 수도 있기 때문이다

우리는 거의 질문하지 않고 대답하지도 않아
배울 수 있는 기회를 놓치고
잡을 수 있는 사람도 놓친다

당신이 먼저

사랑하는 사람을 곁에 두세요

그렇게 하기 위해서는 당신이 먼저 사랑해야 돼요

지혜로운 사람을 곁에 두세요

그렇게 하기 위해서는 당신이 먼저 지혜로운 사람이 되어야 해요

도와줄 사람을 곁에 두세요

그렇게 하기 위해서는

당신이 먼저 도움을 주는 사람이 되어야 해요

충고해줄 사람을 곁에 두세요

그렇게 하기 위해서는

먼저 당신이 충고하지 않는 사람이 되어야 해요

내가 먼저

내가 먼저 손을 내밀면 잡아줄 사람도
내밀지 않으면 잡아주지 않는다
내가 먼저 말을 걸면 받아줄 사람도
말을 걸지 않으면 스쳐 지나간다
내가 먼저 인사하면 맞아줄 사람도
인사하지 않으면 서로 어색하게 지나친다
내가 먼저 사과하면 받아줄 사람도
가만히 있으면 차갑게 돌아선다
세상은 나에게 먼저 다가오지 않는다
내가 먼저 다가설 때 세상이 다가온다

칭찬

외로운 사람에게는 관심이

지친 사람에게는 휴식이

마음이 아픈 사람에게는 공감이

배가 고픈 사람에게는 음식이

목이 마른 사람에게는 물이

열등감이 있는 사람에게는 칭찬이 필요하다

칭찬은 모든 사람에게 필요하다

우리는 모두 열등감을 가지고 있기 때문이다

부부

전생에 어떤 인연이었기에
이런 사람을 만났을까로 시작해서
전생에 어떤 인연이 있었기에
저런 사람을 만났을까로 끝나는 사람이 많다
이런 사람 저런 사람이 따로 있나
어차피 같은 사람인데
이런 사람을 만난 것도 나이고
저런 사람을 만든 것도 나인데
문제를 만든 내가 여기 있는데
저런 사람이 간들 또 어떤 사람이 올까

그런 것이 아니다

배신하면 배신자가 되지만
실패했다고 실패자가 되는 것은 아니다
같이 느끼면 공감이지만
공감한다고 같은 생각을 하는 것은 아니다
사랑하면 이해할 수 있지만
이해한다고 사랑하는 것은 아니다
좋은 사람은 좋은 이미지를 주지만
항상 좋은 사람이 항상 좋은 이미지를 주기는 어렵다

나에게 하지 말아야 할 것

나에게 충고하지 마세요
나도 나의 약점을 알고 있어요
나에게 큰 소리 치지 마세요
그럴수록 나의 마음은 더 닫혀요
나를 속이지 마세요
한 번은 속지만 두 번은 안 속아요
나를 유혹하지 마세요
당신이 진실하면 그러지 않아도 넘어갑니다

아내의 모습

부엌에서 일하는 아내의 뒷모습은 아름답지만
그 모습만 기억하는 남편은 노후가 불안하다
아내도 앞모습을 보여주고 싶어 한다

아내의 눈은 말한다
아내의 눈을 보라
젊어서 아내와 눈을 마주하지 않는 남편은
노후에 아내의 젖은 눈을 보게 될 것이다

아내의 모습은 남편의 거울이고
아내의 얼굴은 남편의 성적표이며
아내의 언어는 남편의 인격이다

고통 받는 이유

우리가 고통을 받는 이유는
수없이 떠오르는 생각을 놓을 줄 모르고
가볍게 던지는 타인의 말을 흘려버릴 줄 모르고
지나가는 바람을 언제까지 계속될 것처럼 생각하고
다 같이 겪는 고통을 나 혼자 겪는 것처럼 생각하고
가진 것은 당연하고 없는 것을 비참하게 생각하고
바꿀 수 없는 것을 바꾸려고 하고
다른 사람이 나를 어떻게 볼 것인가를 지나치게 생각하고
타인은 과대평가하면서 자신은 과소평가하고
맺지 말아야 할 사람과 인연을 맺기 때문이다

남의 말

남의 말 함부로 듣지 마라
당신보다 못한 사람이 태반이다
남의 말 함부로 하지 마라
그 사람 눈물 흘릴 때 같이 있어 봤나
남의 말 함부로 자르지 마라
그 사람 말은 도마뱀 꼬리가 아니다
남의 말 함부로 전하지 마라
문제의 반은 거기서 시작된다

가장 잘 할 수 있는 사람

거짓말과 거리가 멀어 보이는 사람이
거짓말을 가장 잘 할 수 있는 사람이다
아부와 거리가 멀어 보이는 사람이
아부를 가장 잘 할 수 있는 사람이다
유머와 거리가 멀어 보이는 사람이
가장 잘 웃길 수 있는 사람이다
화를 내는 것과 거리가 멀어 보이는 사람이
가장 무서운 사람이다

침묵

싸움을 잘 하는 사람은
싸워야 할 때와
물러서야 할 때를 아는 사람이다
말을 잘 하는 사람은
말을 해야 할 때 하고
하지 않아야 할 때 하지 않는 사람이다

침묵은 아무 말도 하지 않는 것이 아니다
말이 필요 없을 때를 아는 것이다
말하지 않아야 할 때 말을 하는 것이
말해야 할 때 말하지 않는 것보다 더 나쁘다
말하는 사람은 침묵의 가치를 모르지만
침묵하는 사람은 말의 가치를 아는 사람이다

꽃노래도 한두 번

노래방에서 십팔번만 부르는 사람이 있다

그 노래를 잘 부르기 때문이다

잘 부르는 노래도 좋지만

듣기 좋은 꽃노래도 한두 번이다

내가 듣기 좋은 노래가 아니라

상대가 좋아하는 노래를 부르는 사람이 인기짱이다

대화도 그렇다

책과 친구

젊었을 때는 가리지 않고 많은 책을 읽었다
세월이 가도 잊혀지지 않는 책은 몇 권 밖에 없었다
나이가 들면서 책을 고르는데 신중해졌다
많은 책보다 좋은 책을 여러 번 읽는다
가지고 다니면서 밑줄도 치고 접기도 하고
잊을만하면 또 읽어본다
친구를 사귀는 데도 그렇게 해야 할 것이다

별 볼일 없는 사람

돈이 많은 것을 자랑하는 사람

과거의 이야기를 많이 하는 사람

잘 나가는 다른 사람 이야기를 많이 하는 사람

화가 나면 목소리가 커지는 사람

작은 일에 전부를 거는 사람

모두 별 볼일 없는 사람입니다

이런 사람은 스쳐 지나가세요

돈 이야기를 굳이 할 필요가 없는 사람

과거보다 현재와 미래를 이야기하는 사람

없는 사람 이야기를 하지 않는 사람

화가 날 때 자신을 다스릴 수 있는 사람

다른 사람의 반응에 집착하지 않는 사람

모두 속 깊은 사람입니다

그런 사람은 자주 만나세요

남들은

남들은

나에게 관심을 가지는 척하지만 자신이 관심을 받고 싶어한다

내 말에 귀를 기울이는 것 같지만 자신의 할 말을 생각한다

내가 유머를 하면 웃지만 어디서 들었던 말인지를 생각한다

자신이 먼저 돈을 쓰지만 다음에는 나도 돈을 쓰기를 바란다

남들은

내가 생각하는 것만큼 너그럽지도 않고

배려심이 많은 것도 인내심이 많은 것도 아니다

특별히 잘 난 사람도 못 난 사람도 없다

이것만 알아도 남들하고 다툴 일이 없다

지혜로운 사람

화가 날 때 함부로 말하지 마라
그때 하는 말은 어떤 말이라도 독을 품고 있다
연인 앞에서 과거의 사랑을 말하지 마라
숨길 것도 아니지만 내세워서 좋을 것도 없다
비밀을 절대 말하지 마라
비밀을 알고도 침묵을 지킬 수 있는 사람은 없다
못 난 사람에게 함부로 말하지 마라
반드시 보복이 따른다
불행의 절반이 말에서 온다는 것을 아는 사람은
지혜로운 사람이다

그런 당신을 사랑합니다

당신은 칭찬하는 사람이 되세요
하지만 칭찬받는 것을 좋아하지 마세요
당신은 친구에게 충고하지 마세요
하지만 당신에게 충고하는 친구를 미워 마세요
당신은 연인에게 과거의 이야기를 하지 마세요
하지만 당신은 과거 있는 연인을 이해하세요
당신은 말을 너무 많이 하지 마세요
하지만 말이 많은 친구의 이야기도 들어주세요
당신은 노래할 때 노래하고 춤출 때 춤추세요
하지만 박수만 치는 사람도 이해하세요
당신은 너그럽고 관대한 사람이 되세요
그래서 속 좁은 사람들도 다 받아들이는
사람이 되세요
그런 사람 잘 없습니다
그런 당신을 사랑합니다

부부싸움

부부가 싸운다고 해서 사랑하지 않는 것이 아니다
부부가 싸우지 않는다고 해서 사랑하는 것도 아니다
부부가 싸운다고 멀어지는 것이 아니다
가까울수록 더 많이 싸운다
로댕의 걸작도 처음에는 큰 돌에 지나지 않았다
쓸데없는 것을 쪼아내고 나니 예술품이 되었다
부부싸움은 부딪치면서 모난 부분을 깎아내는 것이다
상대를 깎아내려면 내 것도 깎아내야 한다
평생 깎고 나면 사랑이란 두 글자만 남는다
그때까지 깎아내야 한다

거짓이 필요할 때가 있다

술이 나쁜 것이 아니라

술 때문에 벌어지는 일이 나쁜 것이다

거짓말이 나쁜 것이 아니라

상대를 속여 손해를 끼치는 것이 나쁜 것이다

거짓말이라도 상대를 즐겁게 해준다면 나쁜 것이 아니다

때로는 상대를 아프게 하는 진실보다

상대를 기쁘게 하는 거짓이 필요할 때가 있다

삶을 주도하는 사람

대화를 주도하는 사람은
말하는 사람이 아니라 듣는 사람이다
상대가 듣지 않으면 두 사람의 대화는 거기서 멈춘다

관계를 주도하는 사람은
힘 있는 사람이 아니라 인내심이 있는 사람이다
한 사람이 먼저 인내심을 잃으면
두 사람의 관계는 거기서 끝난다

삶을 주도하는 사람은
급한 일이 아니라 중요한 일을 먼저 하는 사람이다
사소한 일과로 하루를 보내는 사람에게 자기다운 삶은 없다

까마귀

신경주역에서 돌아오는 길 위로
까마귀 떼가 날고 있었다
차에 부딪치기 직전까지 흩어지지 않았다
아스팔트 위에 까마귀 한 마리가 죽어 있었다
까마귀는 위험을 감수하며 동료의 죽음을 슬퍼한 것이다

그날 저녁 어린 자식을 죽여 냉동실에 넣어둔 아버지가
붙잡혔다는 뉴스가 나왔다
세상이 검게 보였다
인간이 까마귀보다 더 검게 보였다
아침에 본 까마귀가 마음속에 계속 날고 있었다

미루는 일

우리는 많은 일을 뒤로 미루며 살아갑니다
아침에 일어나는 것을 미루다 시간에 쫓깁니다
치과에 가는 것을 미루어 더 큰 고통을 당합니다
운동과 금연을 미루다 결국 더 큰 병을 얻습니다
나중에야 미룬 것을 후회합니다

우리는 좀 미루어도 될 일을 기다리지 못합니다
운전 중 차가 끼어들면 기다리지 못하고 경적을 울립니다
상대가 마음에 안 들면 기다려주지 못하고 화를 냅니다
사람을 판단하는 일은 좀 미루어도 되는데 한눈에 판단합니다
나중에야 좀 더 미루지 못한 것을 후회합니다

사람들이
두려워하는 것

사람들이 두려워하는 것은 큰 것이 아닙니다
우리들이 모르고 지나가기 쉬울 정도로 사소한 것입니다
그것은 상대가 자신을 알아주지 못하는 것입니다

자신을 알아주지 못하면 죽을 만큼 괴롭습니다
사람들이 자신을 알아주면 죽을 수도 있습니다
관계에서 대부분의 두려움은 여기에서 나옵니다

상대를 알아주는 말 한마디가 상대를 살릴 수도 있고
상대를 무시하는 말 한마디로 상대를 죽일 수도 있습니다
우리들은 모두 중화기로 무장한 전사들입니다

도반 (道伴)

혼자 가면 쓸쓸한 길도 같이 가면 외롭지 않습니다

혼자 가면 힘든 길도 같이 가면 멀리 갈 수 있습니다

혼자 가면 비틀거리는 길도 같이 가면 바르게 갈 수 있습니다

당신은 인생의 도반을 가졌나요

향기로운 사람과 함께 있으면 내가 즐겁고

지혜로운 사람과 함께 있으면 내가 더 나은 사람이 되고

아름다운 사람과 함께 있으면 나도 행복해집니다

당신도 타인에게 그런 사람이 될 수는 없나요